KB129232

숱한 사람들 속을 헤집고 나왔어도

숱한 사람들 속을
헤집고 나왔어도

초판 발행 2018. 03. 17

1판 3쇄 발행 2018. 07. 10

개정판 1쇄 발행 2023. 09. 03

지은이 가랑비메이커

편집ㅣ디자인 고애라

발행처 문장과장면들 (979-11) 966454

등록 2019년 02월 21일 (제25100-2019-000005호)

팩스 0504) 314-0120

이메일 sentenceandscenes@gmail.com

인스타그램 instagram.com/sentenceandscenes

세상에 작은 빛을 전하기 위해 책을 만듭니다.
문장과장면들은 우리가 이야기하는 방식입니다.

숱한 사람들 속을
헤집고 나왔어도

가랑비메이커 단상집

문장과장면들

숱한 사람들 사이를 헤집었다.

닿지 못할 말들을 움켜쥐고서.

아무런 색도 없이 그림자만 더했던 날들에

놓쳐버렸던 대화를 이제 시작하려고 한다.

1 | 어떤 대화

prologue 낯선 얼굴 속에서

우리의 시간에 당위를 붙이지 말아요 17

착각 18 | 틈 20 | 계절을 읽는 법 21

처음이라는 이름으로 23 | 어떤 위로 25

아포카토를 먹다가 26 | 제로게임 29

거울을 내다 버려요 30

바람은 되고 싶지 않아서 32

그때 그 표정 34 | 뜸 37

시한폭탄 38 | 사막은 아니라지만 40

아임 파인 43 | 사랑이라는 말은 못 해 45

빗방울이 될게요 47 | 나와의 연락 48

아직이 아니라 여전히 50

메아리치던 새벽 52 | 빨간 날 53

2 | 독백

때때로 닿는 삶 57 │ 닳아버릴지언정 58

변명이 없도록 59 │ 우리가 영화라면 60

고질적 습관 61 │ 식은 계절에서 62

꺼내고 싶어서 63 │ 시월애 64 │ 흉터 66

부서지는새벽 67 │ 습관적 새벽 68

통증 69 │ 레이스 70

베스트 말고 스테디 71 │ 일용할 양식 73

한밤중의 빛이 그 권능을 퍼뜨린다 74

주름진 새벽 76 │ 사소한 오해 77

삶과 작품 78 │ 우리의 끝이 타오를 때 79

그해 여름밤 80

당신보다 내 걸음이 빠른 이유 81

대체 우리에게는 82 │ 흐려질 때 83

열에 하나 85 | 불균형 86

터널을 좋아해요 89 | 사람 냄새 나는 사람 91

이달의 기도 93

3 | 침묵

웅크린 새벽 97 | 수화기를 들어 99

언젠가는 100 | 계절에 기대어 101

돌아눕는 밤 102 | - Life 103

무게중심 104 | 종을 치다 105

약점 107 | 침묵 108 | 찰나 109 | 기어코 110

얼굴을 묻는다 112 | 혼자라는 위안 113

사랑 없는 세상에서 115 | 부유 117

새벽 수신호 119 | 체크아웃을 하다 121

벗겨진 양말 끝 122 | 추모 124 | 그림자 125

보이지 않는 것 126 | 겨울 같은 사람들 127

숱한 사람들 속을 헤집고 나왔어도 128

빈 손의 축복 129 | 복선 131

epilogue 나는 사라져도

prologue

낯선 얼굴 속에서

키가 큰 사람들 사이에서
남몰래 구겨버렸던 말들과
작은 사람들 사이에서
부풀리기만 했던 시간들

글을 쓰며 살지만

능숙하게 사람들 사이를 오가지만

가끔은 아무런 이야기도 하고 싶지 않다.

겉도는 대화를 모른 척하고 싶다.

입을 닫을수록 안은 가득히 부풀었다.

별다른 이유 없이 전화기를 꺼두고

긴 시간을 모니터 앞에서 보냈다.

읽히지 않을 것 같은 이야기들을 썼다.

작은 노트를 움켜쥔 손에 눈물이 젖어서

더디게 채워지던 페이지들.

바닥만 보며 걷다가 놓쳐버린 노트가

누군가의 발끝에서 펼쳐졌다.

거짓말처럼 커지던 눈동자와

떨리던 목소리를 마주했다.

그때 결심했다.

이야기를 안고 밖으로 나오기로.

1 | 어떤 대화

우리가 잠시 곁을 스쳤대서
같은 영원을 꿈꿨다곤 할 수 없다
마주한 고개는 서로 다른 장면을 담았고
돌아선 등짝에도 모두가 침묵했으니

당위를 붙이지 말아요

이래야 하고 저래야 한다는 말들
결국 지나온 길에 대한 자만이고
걸어보지 못한 길에 대한 미련이라는 걸
알아요.

가엾은 생각에 빠져 지금을 낭비하느니
캄캄한 하루도 환한 하루도
모두 청춘의 순간으로 껴안기로 했어요.
그것만이 가장 나다운 일이라서요.

착각

같은 곳에 점. 박고 서 있대서
당신과 나는 같은 여정에 있지 않다.

새벽에 깨어 있다는 것만으로
잠들지 못한 것인지
이르게 깨어난 것인지
알 길이 없는 것처럼
우리가 잠시 곁을 스쳤대서
같은 영원을 꿈꿨다곤 할 수 없다.

마주한 고개는 서로 다른 풍경을 담았고
돌아선 등짝에도 모두가 침묵했으니.

서로 다른 수의 톱니바퀴도

멈추지 않으면 한 번은 만난다.

당신과 나, 삐거덕거리면서도

멈출 줄 모르는 삶이라

이따금 거짓말 같은 위로를 만날 뿐.

틈

사라질 이 틈을 기억하자.
몸을 비벼대며 바람의 소리를 전하는
저 잎들을 기억하자.
그래야만 다시 덮쳐올 그 모든 일들에
휩쓸리지 않을 수 있어.

계절을 읽는 법

봄이 싫다던 네가 멀게만 느껴졌어.
너는 가끔 삐딱선을 타곤 했으니까.
이유야 늘 있었지만
이유를 위한 이유처럼만 느껴졌거든.

그런데 오늘 창가에 턱을 괴며
네가 슬며시 흘리던 그 한 마디가
나를 네 곁으로 당겼어.

"가만히 감았던 눈 뜨면 오는 계절이
    아니라는 것을 알기에
    계절의 아름다움이 치열하게만
    느껴져."

가만히 네 곁으로 가
턱을 괴고 눈을 감았어.

어떻게 눈을 떠야,
네 시선으로 계절을 읽을 수 있을까.

처음이라는 이름으로

모든 준비를 마쳤지만
쉽게 출발선에 서지 못하는 이유를 안다.
처음이라는 이름 앞에 혼자가 되는 것이
사무치게 외롭다. 그 어느 때보다도.
멋쩍게 웃어 보일 얼굴 하나 없는
시작에는 수많은 박수갈채도
찰나의 소음에 지나지 않는다.

흔들리는 눈동자를 붙잡아 주는 이도
하얗게 질려버린 손에 닿는 온기 없이도
오롯이 설 수 있을까.
머뭇거리는 너를 안다.

모두가 너를 다그치며

등 떠민다 하여도

나만은 가만히 기다려주고 싶다.

두 눈을 감지 않고

두 귀를 막지 않고

담담한 모습으로 걸음을 뗄 수 있도록.

더디고 어설픈 모양이라도 좋다.

누구에게나 처음은, 처음이니까.

어떤 위로

맑게만 보이는 한낮의 하늘도
쌀쌀한 밤을 지나
희뿌연 새벽을 넘어왔는걸.

아포카토를 먹다가

낯선 얼굴들이 가득한
이국의 어느 카페에 앉아
어설픈 말씨로 주문했던 아포카토가
묽은 아보카도 주스가 되어 나왔을 때
왈칵 눈물이 터져 나왔다.

앙다문 입술 사이로 새어 나오던 울음에
미간 사이에도 눈썹이 나 있던 종업원은
무릎을 굽혀 내게 시선을 맞추며
무어라 알 수 없는 위로를 했다.
구불거리던 미간을 긁적이던
굵은 손마디에
아빠가 떠오른 건 왜였을까.

모르겠다,

두 눈 꼭 감고 용기 내어 외친

아포카토!

갸우뚱거리던 그가

조심스레 내온 아포카토를

한 술, 또 한 술 떠먹다가 웃음이 났다.

뜨거운 커피에

차가운 아이스크림을 타 먹는 일.

이 바보 같은 일이 뭐라고

나를 울리고 어르는지.

제로 게임

득은 아니어도 실은 아니기를 바랐는데
돌아보니 가벼워진 건 나만이 아니라
아무리 손을 맞잡아 봐도
우리는 땅을 딛고 설 수가 없더라.

발끝에 살랑, 바람이 불어서
손에 자꾸만 힘이 빠져서
우리는 얇은 끈을 의지한 채
정처 없이 휘날리던 풍선 같았지.

낭만과 사랑이라는 핑계로
저질렀던 시간들이 우리에게 남긴 게
덤이 아닌 제로였다는 걸

조금 더 일찍 알았더라면 어땠을까.

더는 잃을 것이 없던 우리는
그림자도 짧아서
여운도 길지 않을 거라고,
그게 우리의 유일한 득이었지.

거울을 내다버려요

언제까지나 접싯물에서 수영할 수 없는 법
언제까지나 침대만 밟고 설 수는 없는 법
덮쳐오는 파도에 비명도 질러봐야
소리를 내는 법을 안다.
거친 땅을 맨발로 딛고서야
비로소 굳은살이 밴다.

순진한 표정으로 나는 몰라요,라는
당신에게는 거울이 사라져야 한다.
하루를 거울 속에서만 보내는 당신이
슬며시 찾아가 야금야금 베어 먹는
그들의 삶은 거울 속에 있지 않다.

그의 단단해 보이는 어깨가

아무렇잖아 보이는 얼굴이

거울 밖에서 얼마나 자주 무너지는지

당신은 알아야 한다.

바람은 되고 싶지 않아서

우두커니 바라보기만 했던 앞선 이들이
모두 돌아가고 남은 불 꺼진 경기장에
홀로 뜀박질을 시작하던 그때부터
듣고 싶던 말이 하나 있었다.

속으로 되뇌기만 할 뿐
거울 앞에서조차 뱉어 본 적 없던 말

"가슴이 뛰는 곳을 향해
발끝을 두기로 했잖아.
누구의 무엇이 되려고 애쓸 바에는
오롯한 나로서 존재하기로 했던 것,
잊지 않았지?"

여전히 적막 가운데 홀로 걷는다.
도망치고 싶은 마음과
뒤돌아보고 싶은 마음을 꾹 누른 채
영원처럼 이어지는 걸음들.

바람처럼 찾아오는 이들은
내게 묻는다 후회하지는 않느냐고,
뒤를 좀 돌아보라며 채근한다.
잠시 숨을 고르고, 입을 뗀다.

지나쳐 간 사람들, 사라진 영광이
당신에게는 아쉬울지 몰라도
내게는 조금도 그렇지 않다고.
작은 바람결에도 나를 놓칠까 봐
유난히도 팔짱 꼭 끼고 있던 나란 걸
그대들은 너무 쉽게 잊었다고.

그때 그 표정

가쁜 숨을 고르며 시치미를 뗀다 해도
조급한 마음은 티가 나게 되어있어.

삐죽 나온 소매 끝
한 줄씩 밀려버린 단추
설익은 음식

너를 붙잡아 둔 안도가
오래가지 못했던 것은
숨기려 해도 자꾸만 삐져나오던
그때 그 표정 때문이었어.

시간이 흐를수록 흐트러지던 모습
애먼 손마디를 두둑 꺾으며
기울던 고개
어색하게 굳은 입꼬리

의미 없는 말꼬리를 잡고 있던 나와
어색한 미소로 애꿎은 가방끈을 매만지던
너의 온도가 점점 더 벌어지고 있다는 걸
모른 체 할 수 없었어.

끝을 모르고 쏟아지던 긴 한숨과
쓸쓸해지던 표정
희미해지는 목소리

미세한 변화들은 모두
이별의 신호를 보내고 있었어.

뜸

'있잖아', 로 시작되는 문장이 데려오는
막연한 불안은 '혹시나' 보다는
'역시나', 쪽으로 기울고
짐짓 장난스러운 얼굴로 응수하며
그가 어렵게 낸 용기가 수그러들기를
기도한다.
그러나 기도에는 긴 뜸이 필요한 것을.

'사실은', 한 박자 쉬고 시작된 고백들이
사실은 내게 조금도 새롭지 않을 때
다시금 '혹시나'를 기대한다.

조금 더 인내심을 갖고

조금 더 긴 뜸을 들여 보기로.

시한폭탄

예고도 없이 터졌다.
주체할 수 없던 감정은 예상하지 못한
방향으로 타들어 갔다.
흩어진 잔해를 치우는 건
언제나 무고한 식구들.

삐죽삐죽한 나를 보듬겠다며
뻗은 손 앞에서 조금 머뭇거리다
타이밍은 완전히 어긋나버린다.

예상할 수 없는 곳에서 터지고
더딘 회복에 상처는 덧나기 일쑤지만

다시금 웃게 될 거다.

사막은 아니라지만

아직은 마른 땅에 서있지만
사막은 아니라며
네가 달리는 이유는
신기루 따위가 아니라고 했지.

오아시스를 찾는다면
너를 안고 방방 뛰었겠지만
느려지는 내 걸음을 맞춰 걷던 너와
함께 맞던 가는 빗줄기만으로도
내 갈증은 사라져 버릴 것 같았어.

흙투성이가 된다며 너는 말렸지만
나는 서글퍼질 때면 주저앉아서

엉엉 울어버렸지.

너는 알았을까.
나는 그 눈물에 마른 목을 축였다는걸.

네게도 우는 법을 가르쳐 줄 걸 그랬어.
사막은 아니었다고 했지만
끝내 갈라져 버린 건 한둘이 아니었잖아.
지금 너는 어디쯤 걷고 있을까.
여전히 이를 악물고 버티고 있을까.
어쩌면 맑은 물에서 헤엄을 치고 있을까.

우리가 지나온 걸음들과
끝내 놓아버린 손은
이제 그만, 잊어버려도 좋아.

그러나 이것만은 네가 알았으면 좋겠어.

빈손은 가벼워도 빈 마음은 헛헛하단걸.

휘청거리다 걷는 법을 아주 잊기 전에

한 번쯤은 주저앉아서

아이처럼 엉엉 울어버렸으면 해.

아임 파인

누가 그러더라.

괜찮겠냐고,

그렇게 여전히 낭만에 젖어 사는 일.

언제까지고.

나는 가만히 두 손을 쫙 펴 보였어.

손금이 더 짙어질 때까지.

그 다음 자신 있게 토했지,

가만히 삼켜버렸던 그 말들.

그깟 손에 쥔 것들.

괜찮겠냐고,

누군가에게 등 떠밀려서 사는 일.

언제까지고.

결국에는 짊어진 것들 아니냐고.

그래서 당신의 어깨는 무사하냐고.

사랑이라는 말은 못 해

아무래도 사랑이라는 말은 아직 어려워.
곁에 머물고 싶다고,
보고 있으면 기분이 좋아진다고,
막연히 우리가 닮았다는 생각을 한다고.

그래서 무얼 하고 있냐고 묻는다면
글쎄, 모르겠다고.

가장 좋아하는 표정을 지으며
가장 보편적인 말을 해달라고 해도
글쎄, 아직은 기다려 달라고.

시시각각 다르게 깊어지는 정을

당신에게서만 전해오는 감을

한데 묶어줄 말을 아직 찾지 못했다고.

그럼에도 불구하고 덮쳐오는

당신의 고백, 여전한 엔딩

사랑해.

빗방울이 될게요

내리는 빗줄기 가운데
작은 빗방울 하나가
당신의 어깨에 닿기까지
얼마나 많은 순간을
지나와야 했는지.

언젠가 우리가 느린 걸음으로
서로를 마주하게 된다면
저 하늘에서 내려온 빗방울이라고
그렇게 생각하기로 해요.

나와의 연락

마지막 페이지까지 꾹 눌러쓴
오래된 일기장을 펼쳐 보다
희미해진 고민 위에
펜을 들어 말을 걸었다.

포기하지 않아 줘서 고맙다고
그 어린 날에 비하면 나아진 삶임에도
자꾸만 투정이 늘어간다고.

너를 잊은 채 지나는 하루도 있다고
그래도 나, 너 아니었으면
여기까지 못 왔을 거라고.

무지였는지 고집이었는지

꺾지 않고 물을 부어줘서 고맙다고.

아직이 아니라 여전히

다른 누가 어떤 이야기를 하든 상관없어
이따끔 설움이 북받쳐 오르기도 하지만
마땅히 해내야 하는 몫이란 게
다 무슨 소용이야.

우리는 각자가 내는 길에 자신이 있잖아.
그게 확신을 안겨줄 거야.
흔들리면 어떻고 조금 늦으면 어때.
속도가 아니라 방향이 중요하다며,
네가 그랬잖아.

우리에게는 방향이 있잖아.

이미 숱한 오늘이 내일을 위해 쏟아졌어.
외면된 우리의 끼니가 벌써 몇 그릇이야?

이제 오늘을 위한 오늘을 사는 거야.
숙제 없는 내일을 기다리자.
이 밤의 낭만을 내일로 미루지 말자.

매일 두 손 모아 기도하던 순간이
어쩌면 오늘이 될지도 몰라.
그러니까, 더는 묻지 말라고 해.

아직 그렇게 사느냐고?
우리는 여전하다니까.

메아리치던 새벽

적막보다는 메아리치는 물음이
숱한 발자국이 남겨진 지름길보다는
아직은 깨끗한 길 위가 좋다.

기억도 못할 맞장구보다는
콕콕 찌르는 말속의 뼈가 위로가 된다.

아직, 이대로 괜찮은가.
여전히 쉽게 답을 주지 않는 삶이지만
이미 많은 이들이 푼 문제에는
우리의 새벽이 필요하지 않으니까,
쉽게 잠들지 못하는 우리에게
새로운 아침을 가져다주지 못하니까.

빨간 날

그 어떤 날도 모두에게 반짝거릴 수는 없다. 하필 나만 이렇게 초라할까 싶은 순간이 찾아올 수 있다. 그럴 때 당신이 딛고 서있는 척박한 광야에서 기적처럼 찾아올 것을 기대하며 기도하기를 바란다. 조금 먼 곳에서 내가 함께 두 손을 모으고 있다. 고개를 들어 마주할 수 없다고 전부 혼자는 아니다.

당신이 환하게 웃는 그 어느날, 당신의 기쁨을 꼭 껴안지만 말고 두 팔 벌려 멀리 내보내 줄 수 있기를 바란다. 누군가 흘려보냈던 기쁨이 당신에게 닿았던 순간을 기억하기를.

2 | 독백

오지 않을 이를 위해 곁을 비워둔다.

끝내 읽히지 못할 문장들을 적는다.

매일의 나는 허공에 떠있다.

때때로 닿을 뿐이다.

때때로 닿는 삶

오지 않을 이를 위해 곁을 비워둔다.
들리지 않을 말을 중얼거린다.
닿지 않을 곳을 향해 손을 뻗는다.
끝내 읽히지 못할 문장들을 적는다.

매일의 나는 허공에 떠 있다.
때때로 닿을 뿐이다.

닳아버릴지언정

애써 애쓰는지는 몰라도 후회하기 싫어서
닳아버릴지언정 비닐도 벗기지 못한 채
뽀얀 먼지를 뒤집어쓰고 싶지는 않아서
내 젊음은 자주 고장이 났고
너저분한 매듭이 남겨졌다.

가장 소중한 것들은
닫힌 서랍 안에 잠들어 있지 않고
쉽게 닿을 수 있는 곳에 적당히 때가 타고
손에 익은 모습으로 남겨졌으니까.

변명이 없도록

범람해 넘실거리는 젊음이 마르지 않도록
불어오는 바람을 마주하는 용기가 결코
사라지지 않도록

조금 더 무모한 우리가 되기를.
그리워할 지금이 되기를.

우리가 영화라면

모두가 극적인 반전이나 완벽한 재회를
만날 수 있는 건 아니다.
막이 내리고 난 뒤의 상황을 알 수 없다면
해피엔드, 라는 말도 무소용.

주어진 삶에서 우리는 모두 주인공이지만
어떤 서사를 만나게 될지는 모를 일이다.
이러한 사실은 비극적이면서도
때때로 희망적이다.

고질적 습관

아마 다시는 없을 거야.
언젠가 또, 라며 놓쳐버렸던 순간들은
언제나 최초이자 최후의 모습이었으니까.

그걸 알면서도 머뭇대는 것은
우리의 오랜 습관이니까.

식은 계절에서

식어버린 호빵은 데워먹으면서
꺼져버린 난로에는 새 기름을 부으면서
당신, 나를 그냥 지나쳤어요.

당신은 차갑다며 돌아섰지만
나는 식어버린 거예요.

언젠가 녹아버릴 만큼 뜨거웠고
여전히 작은 불씨 하나 품고 있던
나를, 당신은 결코 모르겠지요.

꺼내고 싶어서

마음은 굴뚝인데,
생략과 대명사 잘려나간 마디들.

당신이 나에게
텅 빈 종이와 씨름는 이유를 묻는다면
나조차 해석할 수 없는 감정과 사유를
하나씩 토하듯 꺼내고
조심스럽게 조각조각 이어 붙여서
다시, 제대로 소화하고 싶어서.

시월애

시월에 떠나버린 이들의 얼굴을
잠잠히 떠올려 보는 일.
위태로웠던 장면들을
기어코 헤집어 보는 일.

서서히 생기를 잃고 말라가던 잎들이
고개를 푹 숙이기 시작할 때면
어김없이 거꾸로 올라가는 시간.

가을을 지나 여름 그리고 봄
겨울, 다시 가을

모두 외워버린 장면이라고
아무렇지 않은 얼굴로 애를 써 봐도
꼭 감은 두 눈, 다시 스륵 떠보아도
담담히 웃어 보일 얼굴 하나 없이
여전히 쓸쓸한 계절, 시월에

흉터

낡은 이름쯤, 시간이 지나면 흩어져 버릴 거라고 믿었다. 가둬두고 덮어두면 그렇게 잊혀버릴 줄로만 알았다. 기억을 파고들며 깊은 흉터를 새길 줄 몰랐다. 잔잔한 호수에 던져진 작은 돌멩이처럼 작은 기억 조각이 마음에 긴 파동을 낼 줄 알았더라면, 서로를 적당히 담을 수 있었을까. 그 시절에 내게서 너를 떼어두고도 잃을 것이 더 남았더라면, 지금 이 순간은 어떤 모양을 하고 있을까.

흉터는 남겨진 자에게도 남겨준 자에게도 언제나 같은 아픈 기억이다.

부서지는 새벽

여전히 얼어붙은 기억들을
어디서부터 어떻게 녹여내야 하는지.
누구도 가르쳐 준 적이 없어.

봄날에도 시리고 쓰린 장면은
밤마다 낡은 꿈을 타고서
나를 조여 오는데,
매듭지어지지 않은
차가운 시선과 숨결들을
모른 체할 수가 없어서
부서져 버릴 포옹과
흐르지 못할 눈물만 남는
아침이 늘어가.

습관적 새벽

하고 싶은 일들을 헤아리다 보면 어느 새 새벽. 꿈을 꾸기에 아침은 언제나 이르게 찾아오겠고, 나는 언제나 허둥대면서도 살아있음에 안도할 것이다.

통증

다치고 깨져도 담담히 나아갈 수 있는 건
통증으로 끝나는 것이 아니기 때문이다.
하나의 이야기는 결국, 그렇게 시작된다.
흘린 눈물을 먹으며 넘어진 자리를 털고
일어서며.

레이스

매일이 연습이야.
걷던 길을 기어도 보고
뛰어도 보고
가만히 멈춰보기도 하고.

이곳이 맞는지 아직은 잘 모르겠어.
여전히 나아갈 길이 펼쳐져 있기에
행복해.

베스트 말고 스테디

모든 서사는 클라이맥스를 지나고 나면
역사 속으로 사라질 결말만이 남는다.
정점을 찍고도 내려올 줄 모르고
여전히 구름 위에 떠 있는 것들, 역시
아직은 모를 일이다.

그 언젠가 모두가 사랑했던
그 시대의 베스트가 될 바에는
여전히 아무도 모르게 자리를 지키는
스테디가 되고 싶다.

전부를 다 아는 베스트 프렌드는 못 돼도
약간의 거리를 두고 오래 함께이고 싶다.
빨간 딱지의 화려한 베스트셀러는 못 돼도
현재 진행형의 스테디셀러,

오늘의 문장이 되어
당신의 곁에 머물고 싶다.

일용할 양식

적음에도 부족함이 없고
많음에도 과함이 없는
일용할 양식만을 구하게 하소서.

꾸역꾸역 삼켜낸 것들이 역겨워
목구멍에 손가락을 찔러 넣던 밤
그렁그렁 맺히던 기도를
내내 기억하게 하소서.

한밤중의 빛이 그 권능을 퍼뜨린다*

눈을 찌푸리게 하는
제 마음대로 비추는 빛이 아니라

어긋난 동기로 움직이지 않고
스스로를 속이지도 않고
어둠 가운데 밝혀야 할 것을 밝히는
빛으로 살아갈 수 있다면

사방이 캄캄한 지금이
우리에게 새로운 힘이 될지도 모른다.

* 빈센트 반고흐가 렘브란트의 판화 가장자리에서
  발견한 문장. 밤중에 홀로 깨어 공부해야 했던
  그에게 많은 위안을 주었다.

주름진 새벽

숨김 없이 뱉어보자면, 그립다.
잘 날 것도 없던 시간들이
사무치게 그리워질 때가 있다.

세월에 휘청이고 구겨져서
이제는 깨끗하게 펼칠 수 없다는 걸
알아 버렸기 때문일 거다.

사소한 오해

사라졌다고 믿었는데 멀어졌던 거야.
깊은 거라 믿었는데 무거울 뿐이었어.
닮아간다고 믿었는데 닳아져 버렸고
새겨둔다는 게 깊은 상처를 냈고
지워낸다는 게 넓은 자국을 남겼어.

시간이 흐르면 충돌이 일고
새로운 해답이 필요하다는 것을
모른 채 시간을 흘렸어.
너만이 유일한 세계이고 길이라는
부끄러운 착각은 우리를
어두운 그늘로 도망치게 했어.

삶과 작품

작품은 삶을 담거나 닮는다.
삶이 아닌 껍데기에 불과한 것에는
냄새가 난다.
고여 있는 물에 불과할 뿐,
누구도 붙들거나 울리지 못한다.

이따금 거울 속 자신마저
깜빡 속일 수 있겠으나
가장 무거운 것은 언제나
그럴듯한 이야기보다도 삶에 있다.

우리의 끝이 타오를 때

영원할 수는 없어도
끝이라는 게 멀기만 할 줄 알아서
밀어둔 것이 많다.

빠르게 타오르는 심지 끝만 보고 있기에
가슴이 너무 뜨거워서
가만히 서 있지도 못하는 우리는
서로에게서 눈을 떼지 못한 채
제자리 뛰기만을 반복했다.

그해 여름밤

땀을 뻘뻘 흘린 몸을 깨끗이 씻고 나서야, 볕이 좋다고 며칠이고 내놨던 식물들이 떠올랐다고. 불 꺼진 방 안에 오래된 노래들을 틀어 두고선 생각에 잠기는 이른 저녁이 잦아졌다고. 시시콜콜한 이야기 나눌 사람이 이제는 절실하다고. 이야기하고 싶어요. 연필이 쥐고 새기는 이야기들이 조금은 서글퍼지는 날이었다고.

두 눈을 마주하며 나누는 이야기의 즐거움, 나란한 발걸음의 경쾌함을 다시 알게 될 그해 여름밤을 기다리고 있어요.

당신보다 내 걸음이 빠른 이유

으레 하고 싶던 말들은
앞보다는 뒤에 있다.
붉어진 얼굴은 입을 꾹 다물었어도
등 뒤의 애먼 손끝은 늘 분주하다.

당신이 계속 내 뒤를 따라오기를
내가 삼켜버린 마음까지도
잠잠히 읽어주기를.

대체 우리에게는

언제까지고 반복될까, 허무한 새벽은.
언제쯤이면 마주할까, 놓쳐버린 얼굴을.

얼마나 대단한 시간이었다고
털어내지 못하고
그 얼마나 대단한 결이 되겠다며
여태 멈추지 못한 걸음인지.

긴 시간을 빌렸음에도
갚아내지 못한 묵은 감정들에
나는 완전히 졌다.

흐려질 때

문득 떠오른 이름 하나가
떨쳐지지 않는 새벽.
더는 괴로워하지 않고 떠올리게 됐다.
눈물 바람 없이도 그날을 더듬어 볼 만큼
나는 단단해져 버렸나.

하얗게 질려버리던 새벽이 멀어져 가고
칠흑 같은 어둠만이 짙게 가라앉던 날,
나는 우습게도 서글퍼졌다.
내게 작은 힘도 행사하지 못하는
그 이름 세글자가 거짓말만 같아서.

둥둥 떠다니던 얼굴을 더듬어 보고
그 두 눈 너머로 비치던 나를 떠올려 보다
머쓱해진 마음에 이불을 이마까지 덮었다.

어디에도 없던 네가
어디선가 나를 보고 있지 않을까.
조금씩 흐려지던 네 얼굴이
다시 선명해지는 꿈을 꿨다.

열에 하나

돌아설 때는 언제나
열에 아홉만큼 행복했다.

아쉬움이나 후회가 아닌
그리워하고 돌아갈 이유를 남겼다.
남겨진 하나를 메우기 위해
다시 마주할 수 있도록.

불균형

왼쪽 눈을 자주 깜빡거리던 습관.

조금 더 숱이 많던 오른쪽 눈썹.

미처 빼지 못했다는 작은 덧니.

오른쪽 귓불에 남은 작은 상처.

왼쪽 어깨에 난 붉은 점.

입술을 죽 내밀던 습관을 가진

너의 모든 불균형이

내게는 더 없을 완전함이라고

이야기해줄 걸 그랬어.

덧니를 숨기며 작게 웃던

모습이 도무지 사라지지 않는 밤.

모든 기준이 되어버린 네 불균형 탓에
기울지 않는 것들에게는
어떠한 마음도 내어줄 수 없게 돼버린 걸
직감하던 날. 불온한 호기심이 일었다.

구석구석 숨어 있던 네 불균형을
그는 어디까지 발견했을까.
습관적으로 왼쪽으로만 매던
너의 가방엔 무엇이 들어 있을까.

사람은 균형적인 것에 이끌린다는
기사를 읽다가, 괜한 반감이 들었다.
어쩌다 나는 종일 너의 불균형을
떠올리고 있는지.

기분이 좋아질 때면 불규칙하게
벌름거리던 콧구멍까지
내게는 더 없을, 완벽한 균형이었음을
너무 늦게 알아버렸다.

나는 여전히 불균형으로
사람을 기억하고 그리워한다.
누구나 기울기가 다르고
그 틈으로 스미는 빛과 향도 다르다.
우리는 채워지지 않는 구석을 안고 산다.

터널을 좋아해요

터널을 좋아하는 사람들은
그 끝에 이어질 길을 기다리지 않는다.

둥그런 입구.
어둠 속에서 비치는 옅은 오렌지빛.
멍멍한 고요함.
그 가운데 가만히 잠기는 생각.

곧 마주할 길이 어떤 모양을 하고 있든
터널 속 어둠과 고요를 사랑할 뿐이다.

내게 무언가를 좋아해요, 라는 말은

그 너머의 것은 생각하지 않는단 말이다.

사람 냄새 나는 사람

많은 책을 읽는 이보다
한 문장을 쉽게 놓지 못하는 사람이 좋다.
주변이 사람들로 북적이는 이보다도
절벽 끝에 선 그를 변호해줄
한 사람이있는 이가 훨씬 근사하다.
쉴 새 없이 이야기를 풀어놓는 이보다도
몇 개의 힌트만을 던져 놓고
침묵하는 이에게 더 많은 것을 읽는다.

어긋 채운 단추, 엉성한 옷차림에
더 잦은 눈길이 가는 것처럼
조금은 허술하고 탈이 있는 사람이 좋다.

촌스러운 구석이 있어

적당히 색이 바래고 자연스러운 당신,

서둘러 걷다가도 조용히 변해가는 계절을

알아보는 당신과 함께

나란히 발을 맞춰 걷고 싶다.

이달의 기도

어둠이 내려앉은 것과
바다를 떠난 생선이 썩는 것을
우리는 원망할 수 없다.

빛과 소금이 제 역할을 다 하기를
두 손 모아 기도할 뿐이다.

더 사랑하지 못했고
너그럽지 못했던 날들을 북북 찢으며
본질을 찾아갈 수 있기를.
더욱 넉넉한 품이 되기를.

3 | 침묵

때로는 누군가의 입을 통해서만
듣고 싶은 것이 존재한다
단 한 번도 마음에 꼭 들어본 적 없던
내 이름 세 글자 같은 것들

웅크린 새벽

괜찮은 척 덤덤히 걷는 뒷모습 너머의
얼굴이 얼마나 자주 힘없이 젖는지 아는 건
그 얼굴을 해본 적이 있는 나라서

이제는 나를 사랑하게 되었지만
다정히 나를 바라보기까지
얼마나 많은 미움과 절망에
미끄러져야 했는지
여전히 잊지 않은 나라서.

누이려던 몸을 일으켜서
다시 웅크리고 이마를 박고 기도했다.

조금도 조급해 하지 않고

천천히 각자의 자리를 지켜가게 해달라고.

수화기를 들어

때로는 누군가의 입을 통해서만
듣고 싶은 것이 존재한다.

단 한 번도 마음에
꼭 들어본 적이 없던 내 이름 세 글자.

잃어버리고 싶었다면서
잊히는 건 싫어서
늦은 밤, 수화기를 들어
말도 안 되는 이유로 네게서
그 세 글자를 내내 빼앗고 싶을 때가 있다.

언젠가는

세상에는 나와 닮아 있는 이들이 있다.
그 누구보다도 서로를 완벽하게 읽어 줄.
다만, 지금 여기 내 곁에 없을 뿐이다.

이런 사실은 희망적면서도
때때로 비극적이다.

계절에 기대어

푹 익어가는 계절이길래
모르는 척 베어 문 관계는 역시나 떫다.

움츠러드는 계절이 코앞에 올 때면
목을 숨긴 채 마주 보며 웃음을 터뜨릴
그 누구 하나쯤은 툭 떨어질지도 모른다.
그래서 아직은 울지 않는다.

돌아눕는 밤

결국 누구도 혼자가 아니라는 사실을
온몸으로 느끼고 돌아눕는 밤.

절레절레 고개를 흔드는 너에게도
마침내 누군가 찾아올 거다.
절뚝거리는 그를 아무 말 없이
안아주면 돼.

– Life

있는 것과 있는 척의 차이를 아는 것.
있어야 하는 것과 있었으면 하는 것을
구별하는 것.

채우는 것만을 목적으로 하며
놓쳐버린 것들을
다시, 되찾을 수 있는 유일한 방법.

무게중심

무거운 사람들은 돌덩이를 지니고 다
니지 않는다. 바람을 타고 다녀도 그들은
중심을 잃는 법이 없다.

종을 치다

종소리가 멀리 퍼지기 위해서
얼마나 더 세게 종을 쳐야만 하는지.
고통의 울림은 오직 종과
종을 치는 자만이 안다.

멀리서 울려 퍼지는 종소리를
가만히 듣고 있는 이들은
그 고통까지는 헤아릴 수 없다.
보이지 않는다고 해서
존재하지 않는 건 아니다.

통과해야만 하는 고통의 시간을
마침내 이루고자 하는 소리를

종과 종을 치는 사람은 기억하기에

떨리는 몸을 안고서 이를 악무는 것이다.

더 멀리 울려퍼질 날을 기다리며.

약점

사랑하는 것들이 많고
쉽게 공감을 하고
자주 눈물이 흐르는 게
언제부터 약점이 되어버렸을까.

당신, 무표정한 얼굴을 하고 있지만
나는 알아요.
맨얼굴을 들킬까 겁이 난다는 것.
이를 악물고 눈물을 삼킨다는 것.

혼자면 두렵지만 둘이라면 다를지 몰라요
마음껏 안아주고 끄덕이고 울어요.
내가 더 크게 울 테니까요.

침묵

깊은 곳에 닿고 싶을 때면 입을 닫겠다.

세상에 처음 입을 떼는 아이처럼.

침묵은 때로 가장 큰 목소리를 내기에.

찰나

신호가 바뀌기 전에 내딛은 한 발
물이 채 끓기 전에 집어 든 주전자

섣부르게 저지른 실수들
찰나의 아찔함
미적지근한 온도
미완의 장면들

서툴게 맺고서 황급히 흩어진
우리의 계절, 미완의 시간들

기어코

악몽인 줄 알면서도
깨고 싶지 않던 새벽

잃어버릴 줄 알면서도
꽉 쥐고 싶진 않던 얼굴

삼켜내려 안간힘을 쓰다가도
손가락을 찔러 넣어 토해냈던 진심

손바닥으로 두 귀를 감싸 쥐고도
괜한 틈을 벌렸던 호기심

기어코 헤집고 파내며

스스로 빠져버린 함정 앞에서

후회보다 미련이 깊었던 날들

얼굴을 묻는다

어디에도 내가 없는 기분.
거울에도 비치지 않는다.
갈라진 회벽 앞에서 묻는다.
어디로 가야 할까.

모두가 잊어버린 나를 찾아서
나는 어디로.
누구도 답하지 않는 물음은
메아리가 되어 떠돌고
나는 정처 없이 부유한다.

얼굴을 찾아 얼굴을 묻고.

혼자라는 위안

치사스러운 계산을 숨기고
넉넉히 웃어 보였던 지난날의 나를
구태여 고백하지 않아도 괜찮다.

너저분한 감정을 어디에도 꺼내지 않고
누구에게도 이해받지 않아도 괜찮다.
겁없이 허비했던 젊음을
기억하는 이가 없으니 홀가분하다.

그럼에도 불구하고
내게도 누군가의 질타와 사랑이 있었다면
모든 건 지금보다 더 나았으리라.

혼자라는 위안은 깡통만큼이나 가볍다.

사랑 없는 세상에서

언제부터였을까.
다정한 진심에도 고개를 갸우뚱하는
겁쟁이가 되어버린 것은.

사랑의 질타는 지겨운 간섭,
따르던 가치는 배부른 허상이 되었다.
너도 정답 나도 정답.

다른다는 것은 틀린 것이 될 수 없지만
모든 목소리가 정답은 아니라는 걸
말하기 위해서는 이전보다
더 큰 용기를 내야 한다.

얼어붙은 서로의 손을 호호 불던 시절은
영영 과거가 되어버렸고
작은 숨에도 하얀 입김이 샌다.

입을 열면 우리는 뿌연 안개 속일까.
그럼에도 살아야 한다.

조용한 세계.
축축한 가슴 위에
메마른 표정을 입힌 채
사랑 없는 세상에서.

부유

타인보다 낯선 나를 만나는 날이 있다.
거울 속에 비친 작은 두 눈을
회피하고 싶어지는 날.
습관처럼 넘기는 머리카락의 감촉도
생경하기만 한 날.

시선에 닿은 오래된 옷가지,
손때 묻은 책더미의 문장들마저도
천천히 음미하듯 훑어야 하는 날.
잃어버린 나를 찾아줄 작은 단서를 찾듯
샅샅이 생의 흔적을 쫓는다.

삶의 자리에서조차 환영받지 못한
이방인이 되어 부유하는 날이 있다.

새벽 수신호

잠들지 못한 새벽은 무겁게 가라앉고
우리로 하여금 죄를 짓게 했다.
젊은 날의 과오를 기어코 꺼내면
식어버린 열기가 손바닥 위에 전해진다.

알 수 없는 수신호처럼 아득해질까,
두려웠던 지난 장면들을 하릴없이
되감아 보다, 햐얗게 날이 밝아 올랐다.
초라한 모습을 들키고 싶지 않아서
도망치듯 밖을 나섰다.

후-두둑, 빗방울이 쏟아지고
축축해지는 땅을 밟으며 생각했다.

괜찮은 핑계가 생겼다고.

체크아웃을 하다

눈을 맞추는 이의 생각을
지나가는 골목의 장면들을
가늠해 볼 수 있다고 자신했다.

생경했던 냄새가 익숙해지고
오만을 떨다 보면 무얼 아느냐고
다시 생경한 모습으로 시치미를 떼는
이곳은 이방국.

세웠던 촉각을 잠시만 내려두어도
이내 무릎을 털썩 주저앉고 마는
우리는 결국 이방인.

벗겨진 양말 끝

갈피를 잡지 못한 마음은 꿈으로 번진다. 벗겨진 양말 끝을 올려 신지도 벗기지도 못한 채 나아가는 꿈을 꿨다. 어릴 적부터 멈추는 법이 몰랐다. 쉬지 않고 걷거나 뛰다 벗겨진 양말이 뒤꿈치에 걸려 있더라도 멈추지 않았다. 일단은 도착해야 했다. 불편함과 불쾌함은 목적지를 향한 갈망에 불을 지필 뿐이었다. 흥건한 땀, 터진 상처 따위 목적지에 닿기만 하면 사라질 거라 믿었다.

어느 날, 서랍 안이 목 늘어난 양말로 가득하다는 것을 알았을 때 생각했다. 너저분하게 늘어져버린 것들을 벗어던질 것인지, 고쳐 신을 것인지 결정해야 한다고.

늘어져 버려 다시는 신을 수 없는 감정이

늘어가기 전에.

추모

만난 적도 없이 자주 그가 그리웠다.

누군가를 떠나보낸다는 것은

닿은 적 없이도 외로워지는 일.

그림자

아득한 어둠 속이지만

여전히 작은 몸집이지만

변함없이 내 자리를 지켜낸다면

언젠가 내게도 빛이 내린다면

내가 가진 것보다 커다란 그림자가

나를 지키고 있다는 것을

모두가 알게 될 것이다.

아직은 혼자처럼 느껴지겠지만

괴롭고 외롭고 위태로워 보이겠지만

빛으로 나아가기 위한 준비일 뿐이다.

보이지 않는 것

자주 웃는다고
울지 못하는 게 아닌 듯이
말을 하지 않는다고
소리 내는 법을 모르는 게 아니다.

웃음 너머 심연의 무게.
침묵 끝에 쏟아질 절규의 폭포.
보이지 않고 들리지 않으나
존재하는 것들이 있다.

겨울 같은 사람들

목도리를 칭칭 감고
양손을 주머니에 찔러 놓고
한껏 움츠린 채로 문밖을 나서다,
한줄기의 볕을 만났다.

바람에 요동치던 나무들도 잠잠해질 때
건널목 벤치에 앉아, 나른해진 눈을 감자
문득 떠오르는 얼굴들.

겨울 역시 따스한 계절이었는지도 몰라.
그 누군가에게는.
봄에 가려졌지만, 겨울 같은 사람들은.

숱한 사람들 속을 헤집고 나왔어도

그래 봤자 나는 나.
숱한 사람들 속을 헤집고 나왔어도.
걸음마다 휙휙 변해가던 장면들에
정신을 놓았어도.
돌아보면 언제나 같은 발자국.
그러니까 괜찮다.
달라질 건 달라져도
내가 나이면 그걸로 된 거다.

빈손의 축복

가치를 찾아가는 삶,
그 끝엔 분명 빈손이 아닐 게다.

당장에는 마주할 두 눈조차 없는
황망함이 밀려올지라도.
홀가분한 마음과는 다르게
엉켜버린 발끝이 추는 엉거주춤에
붉어지는 얼굴을 감출 길이 없어
주저앉아 울고만 싶어질 때조차
당신은 기억해야만 한다.

서로 다른 점에서 출발해 끊겼다가
다시 이어진 이음새가 엉망인

서로 다른 색의 선들이
마침내 어느 곳에서
하나의 매듭이 되어 묶이는지를.

뒤틀리고 낡아빠진 선들이
서로에게 더 깊이 얽힐 수 있다는 건
불행 중에 다행이 아니라
신께서 치밀하게 계산해 놓은 축복이다.

연약함과 미약함에도 사라지지 않고
마침내, 라는 단어에 닿기까지
치열하게 인내한 자들에게 내리는
누구도 막을 수 없는 축복.

그러니 당신과 나,
황홀한 빈손으로 조금만 더
제 걸음을 걸어보자.

복선

삶에는 언제나 숱한 복선이 숨어 있지만
우리는 그 안에서 귀를 닫고 눈을 감은 채
뒤엉킨 선들에 자주 넘어지고 방황한다.

그럼에도 이 계절이 다시 저 계절로
과거가 되어 흘러갈 때쯤이면
하나의 커다란 서사를 완성하게 될 거다.

삶이란 언제나 이렇듯 알게 모르게
쌓여가는 이야기들에 떠밀려 가는 것.

어처구니없이 얻어맞았다고 생각했는데
돌아보면 단 한 번의 어긋남 없이
아물어야 했던 시간임을
무릎 탁 치고 깨닫는 것.

조금도 알아채지 못해서
붙잡을 수도 끊어버릴 수도 없던
서사 끝에 어떤 장면이 펼쳐질지
웃어버리지도 울어버리지도 못한 채
엉성한 폼으로 서성이다
알게 모르게
마지막 장에 이르는 것.

epilogue

나는 사라져도

나는 여전히 미약하여 만개한 꽃이나
커다란 파도의 순간에 있지 않다.
창대할 내일이란 영영 없을지도 모른다.

세상은 아직 나를 모른다.

어쩌면 죽을 때까지도 나를 아는 세상은

극히 일부분인 채로 끝이 날지도 모른다.

그러나 내가 하나 자신할 수 있는 것은

나의 이야기들을 기억해 주는 이들이

있을 거라는 사실이다.

나처럼 세상이 아직 모르거나

영영 알아차리지 못할

사람들의 사이를 부유하다,

그들만의 색과 향을 입게 될 거다.

책과 함께 조금 더 멀리,

깊게 닿을 수 있을지도 않을까 상상한다.

나는 사라져도 문장은 오래 남아서

혼자인 이들의 곁에 함께 숨 쉴 수 있다면

그것만으로도 내 세상은 충분할 거다.

책의 마지막 페이지를 채우다

문득, 끝이라는 단어가 떠올랐다.

찬란한 꽃잎의 생기도 계절의 끝에선

시들거리다 자리를 빼앗기고 만다.

커다란 곡선을 그리며 덮쳐오던 파도도

오래지 않아 잘게 부서져 버리고 만다.

결국, 모든 건 자리를 잃고

부유하고 흩어져버린다.

마침내 작은 역사가 되어 사라져버린다.

나는 여전히 미약하여 만개한 꽃이나

커다란 파도의 순간에 있지 않다.

창대할 내일이란 영영 없을지도 모른다.

그러나 마지막 페이지, 마지막 문장까지

남김없이 읽어주는 당신의 시선만으로도

충분히 아름다운 삶이지 않을까.

새 계절에서, 가랑비메이커